FOLIO CADET

Ce livre a été spécialement conçu par le prince de Motordu
et par sa femme, la princesse Dézécolle, enseignante.
Il est destiné à l'usage des petites billes et des petits glaçons tordus
pour qu'ils marchent droit à l'école. Il a reçu l'autorisation
de diffusion dans les écoles par les extincteurs
de l'Éducation nationale et les groseilliers pédagogiques.

Pef

LES BELLES LISSES POIRES DE FRANCE

GALLIMARD JEUNESSE

A la recherche des ancêtres du prince de Motordu

Un jour, le prince de Motordu et la princesse Dézécolle se promenaient au pied des ruines d'un vieux chapeau.

– Ah, comme ce chapeau devait être beau ! Mais, hélas, le temps est passé par là !

– Oui, reconnut Motordu, il lui est même passé dessus et ce chapeau en est tout aplati. Mes pauvres ancêtres ! S'ils pouvaient nous raconter leurs histoires !

– Oh, vous ne m'avez jamais parlé d'eux, dit la princesse.

– C'est vrai, reconnut le prince, les Motordu sont une très très vieille famille dont l'origine remonte à la nuit des dents, à l'époque de l'Homme de Crocs-mignons… !

– Je vous écoute, fit la princesse Dézécolle.

Mon premier ancêtre s'appelait Peau-d'ordure

Il mangeait de la viande à pleines dents, ce qui les rendait brillantes. Pour cette raison on l'appela Crocs-mignons. Avec sa tribu, il vivait assez salement dans des crottes,

Les crottes étaient décorées de ceintures préhistoriques.

et le soir, il en éloignait les bêtes sauvages en allumant des grands bœufs.

Peau-d'ordure menait une vie rude et devait se battre contre les bêtes féroces dont il arrachait les peaux pour se vêtir.

Déguisé en mammouth, par exemple, il amusait beaucoup les autres membres de la tribu avec son manteau de fou-rire.

De grands bœufs éloignaient les bêtes féroces.

L'ancêtre de Motordu vivait à l'âge de bière.

Les Gros-doigts contre Jules Lézard

Notre pays s'appelait alors la Gaule. Ses habitants avaient appris à cultiver, à tisser, ou à fabriquer des armes ou des bijoux.

Les enfants devaient obéir au maître des Gaules.

Les Gros-doigts étaient donc à la fois costauds et habiles.

Un général romain, Jules Lézard, eut l'idée d'envahir ce beau pays mais il trouva sur sa route un chef gros-doigts, Etorix, qui ne cessait de le narguer tel un singe, du fond de sa verte forêt.

L'empereur Jules Lézard.

Jules Lézard, qui adorait faire la sieste au soleil, finit par s'énerver.

Il captura le vert singe Etorix, et l'enferma dans une cage pour l'expédier à Rome. Quant à mon ancêtre, Emaux-d'or-dur, il continua à fabriquer les bijoux de ses gros-doigts.

Le sire de Mont-tordu

Le roi Clou-vis inventa l'armure métallique.

Ayant toujours l'épée, la hache ou la lance à la main, les saigneurs font couler le sang.

Ils construisent des châteaux-porcs sans salles de bains où ils vivent comme des cochons.

Mais ils protègent aussi les paysans qui, autour du château, cultivent le blé ou font de l'élevache de bêtes à cornes.

Le cheval est la source d'énergie la plus utilisée. On voit apparaître les premiers poulains à vent et les poulains à eau.

Un château-porc.

Assez malheureux, les gens de cette époque sont très religieux. Ils croient au « part-de-radis » où ils n'auront plus jamais faim après leur mort et à l'envers qui est un endroit maudit.

Le bon sire de Mont-tordu se rendit célèbre en aidant à la construction de réglisses de style roman.

Réglisse
de style roman.

Charlemagne inventa les colles pour obliger les enfants à rester tranquilles, le temps d'apprendre à lire et à écrire.

Enfant collé.

Quelques rois de France

Le roi Cinq-Louis rendait la justice sous un chêne en cachant des louis d'or dans ses mains.

– Combien ai-je de pièces dans ma main ? demandait-il à un voleur qu'on lui présentait.

Si le voleur répondait « cinq », le roi disait :

– C'est juste ! Et il le libérait.

Si le voleur se trompait, le roi Cinq-Louis l'emprisonnait.

Louis Ronce avait de nombreux ennemis qu'il enfermait dans des oubliettes. Il oubliait même de faire entretenir les alen-

Cinq-Louis

Louis Ronce

tours de ces sinistres prisons envahies alors par les orties et les ronces. D'où le nom du terrible roi Louis Ronce !

François Pommier adorait les fruits. Aussi se fit-il construire des châteaux au bord de la Poire, le fleuve le plus long de notre pays. Mais le bon François préférait les pommes et se fit appeler François Pommier.

Henri Tarte était gourmand de tartes mais il s'en mettait partout. Sa femme lui confectionna un col spécial pour qu'il ne salisse point son bel habit. Elle appela cela une fraise et Henri, le maladroit, devint bientôt le spécialiste de la tarte aux fraises.

François Pommier

Henri Tarte

Les voyages de Mât-tordu

Grâce à l'invention de la poule seule, les navigateurs s'élancent sur les étendues mystérieuses des océans. Ils emportent à bord de leurs navires à toiles une poule seule.

Celle-ci s'ennuie. Elle regrette la basse-cour et tous les animaux de la ferme.

Aussi, sans se lasser, elle indique le porc, c'est-à-dire

Une belle invention, la poule seule qui indique le porc.

une direction à suivre pour retrouver son petit monde.

Les navigateurs font confiance à la poule seule qui leur permet ainsi de découvrir un nouveau monde après avoir admiré les évolutions des marraines et autres craches-à-l'eau.

Mât-tordu, le compagnon de route de Magellan, fit le tour du monde.

Le plus célèbre de ces navigateurs est Christophe Colomb. Quant à Magellan, il alla d'une mère à l'autre pour faire le tour du monde.

Louis Carrosse, le roi Sommeil

Perruche de l'époque de Louis Carrosse.

Ce roi n'aime pas Paris. Il fait agrandir le chapeau de son père Louis Fraise (le fils d'Henri Tarte) et s'y rend souvent en carrosse pendant les travaux. Puis il y donne des fêtes somptueuses qui durent des nuits entières.

Le lendemain, le roi a du mal à ouvrir les yeux.

On le surnomme alors le roi Sommeil.

Quand le riche roi Louis dort, il est défendu de l'approcher.

Le roi Sommeil ne fait pas seulement la tête dans son chapeau de Versailles.

Ses guerres coûtent cher au pays, et la fin de la vie du roi Sommeil est un cauchemar pour les paysans qui accueillent sa mort avec joie.

Parmi les couturiers du roi on cite le nom du prince de Peaux-dodues qui habillait les dames de la Cour.

Ruiné, le prince de Peau tordue ne veut pas, en puce, qu'on lui coupe le pou.

En 1789, les Français sont de plus en plus nombreux à se plaindre :

Les révolutionnaires portent le beau nez phrygien.

– Les rats nous prennent tout ! Mort aux rats !

A force de crier son malheur, le peuple de Paris en a mal à la gorge. Aussi les gens décident-ils de prendre tous ensemble la Pastille, le 14 juillet 1789.

Le rat de France de l'époque perd alors son trône. Son nom est Louis Chaise.

Mais même sur une chaise, il continue à mener la belle vie jusqu'à ce qu'on lui coupe la fête. Beaucoup de nobles sont guillotinés, et les ennemis de cette transformation de la société appellent cette époque la Crévolution française qui menace de leur couper le cou. Le vieux prince de Peau tordue comprend qu'une ère nouvelle est arrivée et il crie : « Vive la paix publique ! »

Le roi Louis Chaise est privé de son trône.

Le drapeau de la ration française. Du pain pour tout le monde !

On a mis le feu à mon chapeau, il faut que je chauve ma tête !

Napoléon

Après la Révolution, un Corse du nom de Pomme à Tarte, après avoir livré plusieurs pagaïes avec les armées de la République, devient le chef de la France.

Ayant fait enterrer un très grand nombre de soldats, amis ou ennemis, il se fait même couronner Enterreur des Français.

Pagaïe de Wagram

Pagaïe de Lodi

Il devient l'Enterreur Napoléon Premier.

Il organise notre pays, mais il sème la panique hors de nos frontières parmi les rats européens. Ceux-ci ne veulent pas connaître le sort du rat Louis Chaise.

Aussi les puces de Lucie, les sanglés d'Angleterre et les autres chiens d'Autriche le font prisonnier.

Ils font vinaigre pour l'envoyer sur l'huile de Sainte-Hélène.

C'est là qu'il finira sa vie, triste et salade.

Pagaïe
d'Austerlitz

Pagaïe
de Marengo

Pagaïe
de Waterloo

D'abord l'école et oublie ta poire !

Enfant illettré aimant les lisses poires.

C'est ce que disent désormais les parents à leurs enfants.

Avant Jules Ferry, ceux-ci préféraient plutôt aller manger les poires dans les vergers.

Des énergies nouvelles sont nées. Les écoliers doivent les maîtriser et apprennent à dompter sur leurs doigts la force de l'eau, de la vapeur, de l'électricité.

Les bons s'élèvent, promettent leurs instituteurs.

Très puissante, la France envahit alors les pays lointains d'Afrique et d'Asie. Les explorameurs remontent des fleuves inconnus. C'est le temps des colonies.

Ailleurs, de grands savons glissent en traîneau jusqu'aux pôles de la planète.

Enfant instruit aimant les lisses poires de France.

Explorameur rencontrant une hippopodame sur un croco d'île.

Le siècle des moteurs durs!

Le 19e siècle est celui des mécaniciens et des énergies nouvelles.

En faisant chauffer l'eau avec du chardon (ça pique, l'eau chaude !), on découvre la puissance des machines à vapeur.

Grâce à son bicrosscope, le savant Pasteur étudie les microbes et les maladies.

Les ouvriers ont la vie dure dans les usines où ils transpirent. L'un d'eux déclare :

– Je veux cesser de travailler pour m'éponger, c'est mon droit ! S'éponger payé (on appelle ça les vacances), ce sera hélas pour bien plus tard, en 1936.

La tour est faible.

Dans le ciel de Paris, depuis 1889, se dresse une tour de 300 mètres de haut, entièrement métallique.

– La tour est faible, en cas de tempête, elle nous tombera dessus, proclament ses adversaires.

Les grandes inventions

Le chemin de frères permet aux sœurs de se retrouver en famille.

Le bateau à voile remplace le bateau à lame qui fendait l'eau.

Grâce au bateau à menteur, des voyageurs font des récits parfois extravagants.

La féléevision rend les gens un peu plus fous quand elle est trop regardée.

La vie dans la France de nos tours

La plupart des Français habitent maintenant en ville dans des tours. Les autres résident dans des saisons particulières entourées de jardins. Ils y constatent les différences entre l'été, le printemps, l'automne et l'hiver.

Les gens sont mieux soignés dans les hôpitaux où les chirurchiens montent la garde contre les maladies. Pourtant, trop de gens sont privés de travail et sont inscrits au dommage.

Bien sûr, il y a encore des voleurs ou des assassins, mais ces derniers ne sont plus saignés comme des cochons en prison : la peine de porc est supprimée.

Une fois l'été arrivé, les vacanciers foncent comme des mouches en direction de la Botte d'Azur. Sur l'autoroute se forment alors des moucherons qui les retardent beaucoup.

La déclaration de terre

Les peuples habitent des pays mais souvent ils pensent qu'ils auraient besoin d'un peu plus de terre, celle du pays voisin, par exemple. Alors ils se déclarent la terre pour s'agrandir.

Toute l'histoire de notre pays contient de tels épisodes malheureux.

1. Soldat 2. Soldat baissé 3. Soldat corps.

Jadis, les gens se battaient à l'été et se donnaient des coups de soleil. Maintenant, ils se tuent à coups de furies. Les soldats qui reçoivent des blessures sont cruellement baissés.

Après la pagaïe, on ramasse les corps et les baissés.

Les militaires de plus en plus cruels emmènent des tombes dans les avions et jettent les tombes sur les maisons. Trop de gens sont déjà morts sous les tombes pendant les guerres.

Un nouveau siècle

– De nos jours, il n'y a plus de roi en France, soupira le prince de Motordu.

– Les temps ont changé, remarqua la princesse Dézécolle. Nous vivons en paix publique. Le président de la paix publique remplace le roi.

– Oui, les rois sont morts. Vive les très vivants de la paix publique !

– Et que sera demain ? demanda le prince. Nos enfants iront-ils explorer les poires nettes du système solaire ?

– Je l'espère, souhaita la princesse, à condition qu'ils ne fassent pas les andouilles avec l'atome de Terre.

Les gens pensent en effet qu'avec l'atome de Terre, ils connaîtront un bonheur sans faim. Pourtant, s'ils font sauter l'atome de Terre, l'Humanité se retrouvera à poêle et beaucoup passeront à la casserole.

– Quelles patates les hommes s'ils en arrivaient là ! soupira Motordu.

Les ancêtres de Motordu

1. « Peau-d'ordure » homme préhistorique.
2. « Pot-tordu » poète du Moyen Age.
3. « Tôle-tordue » chevalier des croisades.
4. « Os-tordu » pirate des mers du Sud.
5. « Broc-tordu » aubergiste de Touraine.
6. « Môme-tordu » instituteur.

7. « Mât-tordu » navigateur de la route des Indes.
8. « Peaux-dodues » couturier du roi.
9. « Peau-mordue » chasseur de loups.
10. « Paul Tortue » savant naturaliste.
11. « Saut-tordu » champion olympique à la perche.
12. Si tu te sens tordu colle ici ta photo !

L'auteur-illustrateur

Né en 1939, fils de maîtresse d'école, **Pef** a vécu toute son enfance dans des cours de récréation. Il a pratiqué les métiers les plus variés de journaliste ou essayeur de voitures de course. À trente-huit ans et deux enfants, il dédie son premier livre *Moi, ma grand-mère...* à la sienne, qui se demande si son petit-fils sera jamais sérieux un jour. C'est ainsi qu'il devient auteur-illustrateur pour la joie des enfants et invente en 1980 le prince de Motordu, personnage qui sera rapidement une véritable star. Lorsqu'il veut raconter ses histoires, Pef utilise deux plumes : l'une écrit et l'autre dessine. Depuis près de vingt-cinq ans, collectionnant les succès, Pef parcourt inlassablement le monde à la recherche des « glaçons » et des « billes » de toutes les couleurs, de la Guyane à la Nouvelle-Calédonie, en passant par le Québec ou le Liban. Il se rend régulièrement dans les classes pour rencontrer son public auquel il enseigne la liberté, l'amitié et l'humour.

FOLIO CADET

Les livres de classe du **prince de Motordu**

Les belles lisses poires de France

L'histoire de France racontée à travers celle des Motordu. Jules Lézard s'opposait au vert singe Étorix et les Gros-doigts étaient à la fois costauds et habiles...

L'ivre de français

Le prince de Motordu remplace la princesse Dézécolle et enseigne à ses élèves la conjugaison : « Je sonne, tu sonnes, il sonne, nous sonnons, vous êtes sourds ? »

Leçons de géoravie

Le prince de Motordu a décidé de donner un cours de géoravie aux élèves de son épouse. En route pour les monts d'âne, au bord de la mère et dans les grands pagnes !

Le livre de nattes

« Les numéros pairs sont les 2-4-6-8 puis le 10, formé d'un 1 et d'un zéro en forme d'O, c'est-à-dire en forme d'eau. Les numéros pairs prennent donc l'eau. »

Silence naturel, tout sur le corps humain

Le genre humain fait partie des mamies fières, et le cor humain peut rire, pleurer et jouer de la musique. Ainsi débute le cours de silence naturel…

Et tout aussi indispensable…

Dictionnaire des mots tordus

Au pays de Motordu, le prince de tous les mots avait de nombreux amis parmi les petits glaçons et les petites billes qui, à leur tour, se mirent à tordre les mots.

Les aventures de la famille Motordu

Motordu a pâle au ventre

Le prince de Motordu a pâle au ventre. Le docteur diagnostique : lapin dix huîtres. Le prince a mangé trop de civet et de coquillages. Il faut l'opérer.

Motordu as à la télé

Le prince de Motordu a gagné le grand cri de l'Académique grande chaise et passe bientôt à la télévision. L'eau des tomates explose.

Motordu au pas, au trot, au gras dos

Le prince de Motordu et la princesse Dézécolle offrent une jument à leur fille. On dresse Belle-Chic, puis on l'engage sur un hippodrame. Gagnera-t-elle ?

Motordu champignon olympique

Saut en moteur, seau en largeur, lancer de manteau, du poêle, mare à thons, le choix est vaste pour le prince de Motordu, décidé à concourir aux champignons olympiques.

Motordu est le frère Noël

Marie-Parlotte et Nid-de-Koala ont déposé leurs pantoufles au pied du lapin. Mais le Père Noël s'écrie : « Mon traîneau est en panne ! » Comment l'aider ?

Motordu et le fantôme du chapeau

La princesse Dézécolle entend des poux dans le mur. Ne cherchez pas la petite bête : c'est un fantôme que le prince a repéré dans son arbre génialogique.

Motordu et les petits hommes vers

Le prince de Motordu est le premier Terrien à explorer le système scolaire, frôlant les gommettes, la Dune et Jules Peter, avant d'atterrir sur Mars.

Motordu et son père Hoquet

Le prince de Motordu reçoit en gâteau d'anniversaire un père Hoquet. L'oiseau fait tant de bêtes hips qu'on doit le mettre en cage. Un soir, il s'échappe.

Motordu sur la Botte d'Azur

Les colles terminées, la famille Motordu décide de partir en balance. On opte pour la Botte d'Azur. Vite, de la crème polaire pour éviter les fous de soleil !

Découvre d'autres histoires pleines d'humour

Clément aplati

de Jeff Brown illustré par Tony Ross

Un beau matin, Clément se retrouve tout aplati par un tableau qui lui est tombé dessus pendant la nuit. Il n'a plus maintenant qu'un centimètre d'épaisseur ! Imagine les avantages : se glisser sous les portes, voler dans les airs tel un cerf-volant… Et quelle économie pour voyager : il suffit de poster Clément dans une enveloppe ! Il y a aussi hélas quelques inconvénients…

Little Lou

de Jean Claverie

Little Lou a la musique dans la peau. Il a la chance d'habiter au-dessus du « Bird Nest », le petit bar où joue Slim le pianiste. Lou descend tous les jours prendre sa leçon. À la mort du vieux Slim, Lou hérite de son piano. Le « Bird Nest » est transformé en boîte de nuit. Un soir, des gangsters font irruption dans le bar. Mais Lou est là...

Fantastique Maître Renard

de Roald Dahl illustré par Quentin Blake

Dans la vallée vivent trois riches fermiers, éleveurs de volailles dodues. Le premier est gros et gourmand ; le deuxième est petit et bilieux ; le troisième est maigre et se nourrit de cidre. Tous les trois sont laids et méchants. Dans le bois qui surplombe la vallée vivent Maître Renard, Dame Renarde et leurs trois renardeaux, affamés et malins…

Mlle Charlotte, la nouvelle maîtresse

de Dominique Demers illustré par Tony Ross

Mlle Charlotte, la nouvelle maîtresse, est arrivée ce matin. Elle porte un chapeau, une robe un peu froissée, mais le plus drôle, c'est qu'elle parle à un caillou. En mathématiques, elle nous a appris à mesurer les murs de la classe avec des spaghettis… cuits ! Et l'après-midi, elle joue avec nous au football. On l'adore !

Mystère

de Marie-Aude Murail illustré par Serge Bloch

Une quatrième fille ! Le roi et la reine ne sont pas contents. Et comble de malheur, quand ses cheveux poussent, ils sont bleus ! Mystère, c'est son nom, vit comme une sauvageonne, mais à l'âge de 8 ans, elle est si belle qu'elle fait de l'ombre à ses sœurs. Ses parents décident de la perdre dans la forêt… Que lui arrive-t-il ensuite ? Mystère…

Du commerce de la souris

d'Alain Serres illustré par Claude Lapointe

La fromagerie tenue par Victor Lebrouteux depuis un demi-siècle compte désormais plus de souris que de clients. Qu'à cela ne tienne, son propriétaire changera de commerce. Il vendra de la souris : en marque-page, en poil à gratter, en crème, en apéritif… Mais les souris n'ont pas l'intention de se laisser faire !

Mis en couleurs par Geneviève Ferrier

Maquette : Karine Benoit

ISBN : 978-2-07-509722-2
N° d'édition : 327263
Loi n° 49-956 du 16 juillet 1949
sur les publications destinées à la jeunesse
Premier dépôt légal : septembre 1990
Dépôt légal : mars 2018
Imprimé en Espagne par Novoprint (Barcelone)